저희 가족의 여러가지 여행
이야기 들을 재미있게 봐 주세요.
－송대한－

저희 가족의 천방지축 어리둥절
여행 이야기를 봐주세요.

　　　　　　－송민국

우리가족의 재미있는여행 이야기를
잘 봐 주세요～^.^

　　　　　　송만세

유럽에서
대한민국만세

삼둥이와 함께한 지구 반대편의 여행 기록

유럽에서
대한민국만세

글·사진 송일국

상상출판

PROLOGUE

이 책을 내도 될지 끝까지 고민했습니다. 누구에게 보여주려고 찍은 사진도 아닌데 개인적인 여행 사진을 책으로 엮는 것이 맞을지 의심이 들었습니다. 하지만 코로나로 인해 각박해진 시대에 조그만 즐거움이라도 되었으면 하는 마음과 상상출판 식구들의 지원에, 끝내 이날이 오게 되었습니다.

아내의 연수 덕에 프랑스 생활을 시작한 저희 가족은, 연수가 끝난 후 몇 개월의 육아 휴직 기간 동안 유럽 곳곳을 여행했습니다.

여행은 말 그대로 우리 가족에게 꿈만 같은 시간을 선사했습니다. 아이들은 여행하기 가장 좋은 나이였고, 유럽은 에너지가 넘치는 아이들의 거대한 놀이터가 되어주었습니다. 말로는 형용할 수 없는 천혜의 자연과 수천·수백 년의 역사가 담겨 있는 문화 유적들, 카메라만 가져다 대도 그림이 되는 풍경들까지, 모두 잊을 수 없는 추억이자 인생의 큰 선물이 되었습니다.

대한, 민국, 만세는 아직까지 당시의 여행을 재미의 척도로만 판단할지 모릅니다. 하지만 더 넓은 세상을 보고 다양한 문화를 경험한 것은 살아가는 동안의 큰 밑거름이 될 것 같습니다.

사진이 취미인지라 여행 내내 수많은 사진을 찍었습니다. 이 책을 준비하는 작업은 몇 테라 용량의 방치되었던 사진을 정리하는 계기가 되었습니다. 남는 건 사진뿐이라는 말을 실감했습니다.

여행의 기억은 시간이 지날수록 희미해집니다. 그런데 사진을 한 장씩 꺼내어 볼 때마다, 신기하게도 눈앞에 그날의 풍경이 펼쳐졌습니다. 지금은 그때에 비해 또 많이 큰 대한, 민국, 만세이지만, 울고 웃었던 에피소드가 떠오르며 당시의 추억을 돌아보게 되었습니다.

창피하지만 용기를 내 저희 가족의 여행 이야기를 여러분께 공개하게 되었습니다. 가장 예뻤던 아이들의 모습을 조금이나마 더 담아두려 찍은 사진인 데다가, 전문가도 아니기에 부족한 점이 많습니다. 본의 아니게 아내의 모습도 여러 번 실리게 되었지만 너그러운 마음으로 이해해 주시면 감사하겠습니다.

하고 싶은 말은 너무 많지만, 글 쓰는 재주가 부족해 최소한의 글만 담았습니다. 대신 사진을 통해 저희 여행의 감동을 전달하려 노력했습니다. 이 책을 보시는 모든 분께서 저희 대한, 민국, 만세와 유럽의 풍경을 통해 잠시나마 쉬어가시고, 마음에 위안을 삼으시면 좋겠습니다.

Thanks to

이 책을 만들기까지 도와주신 상상출판 유철상 대표님과 정은영 팀장님, 힘써주신 모든 분에게 감사드립니다.
부족한 사진 실력에 여러 조언을 아끼지 않은 사진작가 강연욱, 권오성, 김범석 님 감사드립니다.
한국이 그리울 때마다 한국의 맛과 정을 느끼게 해주시고, 조금이나마 와인을 이해하게 해주신
파리 우정식당 사상님 내외분, 감사합니다. 통역부터 여행지 검색, 숙소·식당 예약을 도맡아 해주고,
자신이 담긴 사진을 싣도록 이해해준 아내에게 고맙습니다.
신나게 놀다가도 포즈 취해주고 힘든 스케줄에도 잘 버텨준 대한, 민국, 만세야, 고마워.
여행 내내 큰 사고 없이 발이 되어준 시트로앵 피카소와, 부족한 사진 실력을 커버해 준 캐논 마크Ⅳ도 고맙다.
마지막으로 저희 대한, 민국, 만세를 사랑해주시는 모든 분께 진심으로 감사 인사 드립니다.

CONTENTS

France

파리의 상징 에펠탑.
처음 세워졌을 때는 흉물스럽다며
비난 일색이었다는데,
이제 에펠탑 없는 파리는 상상할 수 없고
에펠탑이 있음으로써 파리는
더욱 파리다워진다.

에펠탑은 샤이오 궁전 앞에서 더욱 잘 볼 수 있다.
해가 떨어질 무렵 하늘이 붉게 물들 때에는 더욱 아름답고,
비흐에껨 다리에서 바라보는 야경이 특히 멋져 자주 찾았다.

나폴레옹 생전에 승리를 기념하려 지은 에투알 개선문.
결국 그는 완공된 모습을 보지 못하고 세상을 떠났지만,
개선문은 길이 남아 샹젤리제 거리를 지키고 있다.
옥상 전망대에서는 파리 시내 전경이 한눈에 내려다보인다.

우리가 머문 곳은 센강 남부의 15구.
에펠탑에서 도보로 20분 거리에 위치한 곳이었다.
집을 나서 미라보 다리에 오르면,
자유의 여신상과 에펠탑이 눈에 담겼다.
이 풍경을 눈에 담으며 아침저녁으로 센강 변을 달렸다.

France

100년 넘은 고풍스러운 건물이 즐비한 동네.
예술의 도시답게 지나치는 간판 하나조차 예쁜 동네.
보고 또 봐도 정감 있는 동네. 파리는 그런 곳이었다.

자연사 박물관 내에 위치한 진화 과학 박물관은
프랑스 전시 예술의 극치를 보여주는 곳이었다.
노아의 방주에 착안해 디자인했다고 하는데,
정말 동물들과 함께 방주로 들어가는 듯
입체감과 생생함이 있었다.

화려한 조명과 공간 디자인을 활용한 작품을 보는 듯,
그야말로 스토리와 예술성이 담긴 여정이었다.
아기 때부터 공룡을 달고 살던 대한, 민국, 만세는 물론,
아내와 나도 오랜만에 역동적인 전시를 즐겼다.

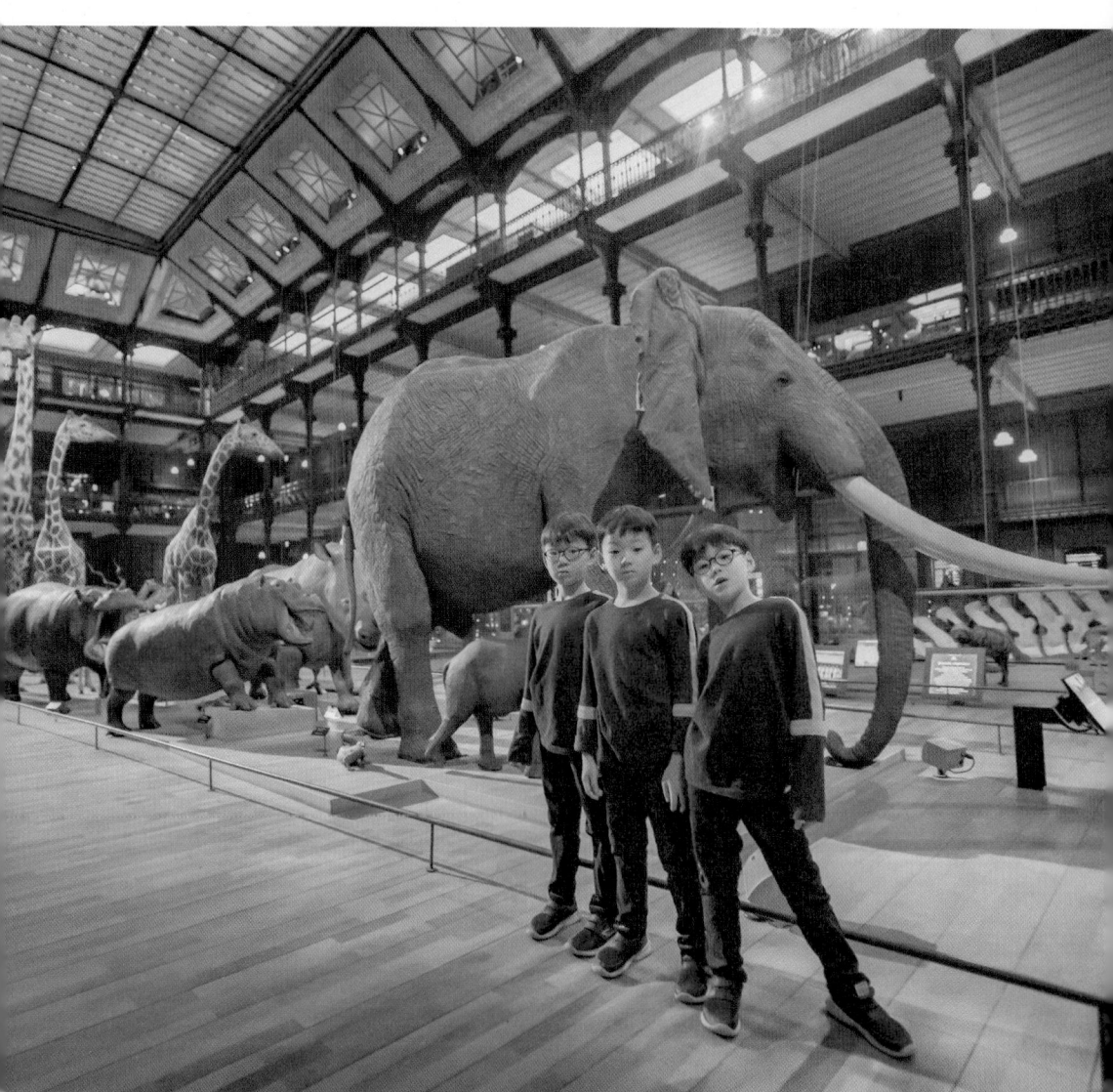

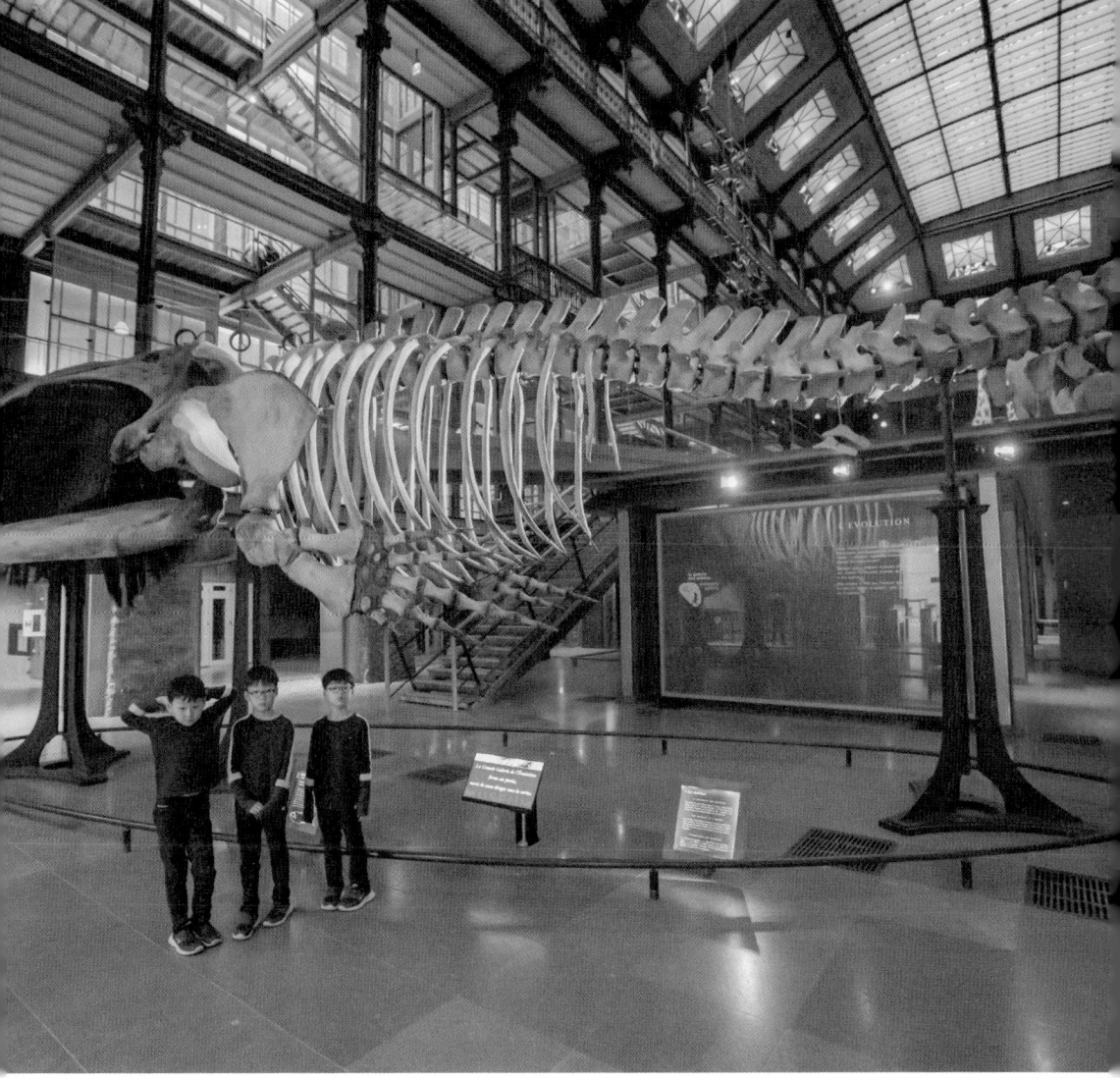

센강 변에 위치한 시트로앵 공원.
넓은 잔디밭에서 마음껏 뛰어놀기 좋은 곳이다.
열기구에 오르면 탁 트인 파리의 풍경이 펼쳐지는데,
에펠탑만큼 높이 올라가기 때문에 한눈에 마음껏 담을 수 있다.
천천히 올랐다 내려와서 아이들도 무서워하지 않고 즐겼다.

프랑스에서 가장 중요한 역사 유적 중 하나이자
가톨릭에서의 가치를 이루 말할 수 없는 곳.
11세기부터 천 년에 달하는 역사를 품은 노트르담 대성당은
우리에게도 잊을 수 없는 추억을 안겨준 곳이다.

노트르담 대성당 수석 파이프오르가니스트
올리비에 라트리 님의 초청 덕에,
거대한 파이프오르간 내부를 둘러보고
직접 건반에 손을 얹어보는 감사한 기회를 얻었다.
우리가 파리를 떠나고 얼마 지나지 않아
큰 화재를 입은 것을 생각하면 몹시 안타까울 따름이다.

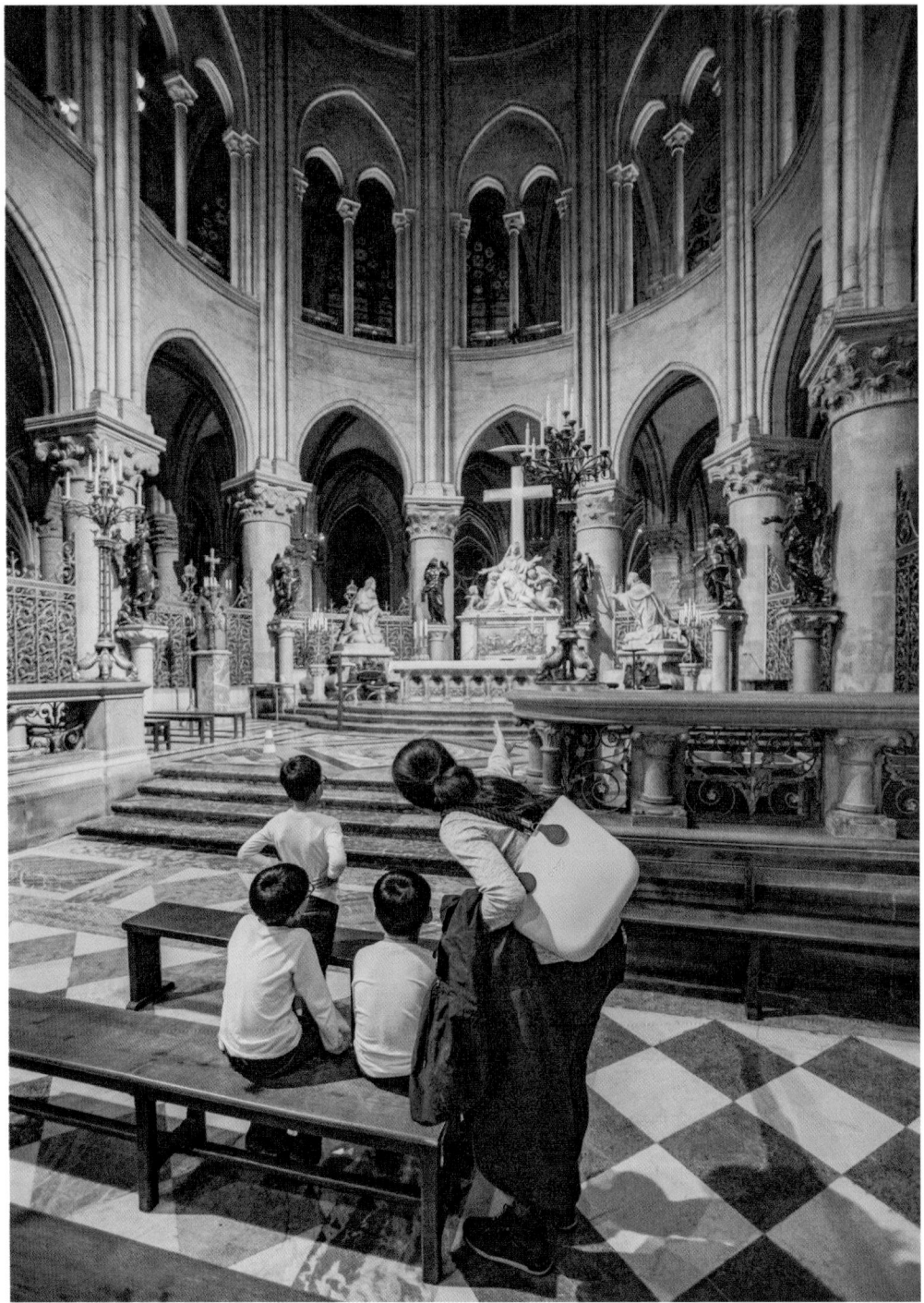

예술에 관심이 많아 박물관이며 미술관을 많이 찾았다.
그중에서도 루브르 박물관은 규모만큼이나 어마어마한 전시품을 자랑했고
궁전으로 쓰이던 건물이니만큼 실내장식도 볼 만했다.
기차역으로 쓰이던 오르세 미술관에는 마음을 울리는 근현대작이 많았다.
이런 작품들을 가까이에서 접하며 자라는 프랑스 아이들이 몹시 부러웠다.

배우로서 오페라 가르니에를 방문했을 때 가장 감동이 컸다.
그 오페라 가르니에를 설계한 건축가, 가르니에가 잠들어 있는
도심 속의 묘지, 몽빠흐나스 묘지는 마치 공원 같은 곳이었다.
가르니에는 물론 소설가 모파상과 철학가 사르트르,
『아르센 뤼팽』의 저자 모리스 르블랑 등
책에서나 보던 유명 인사들의 묘를 방문하니 감회가 새로웠다.

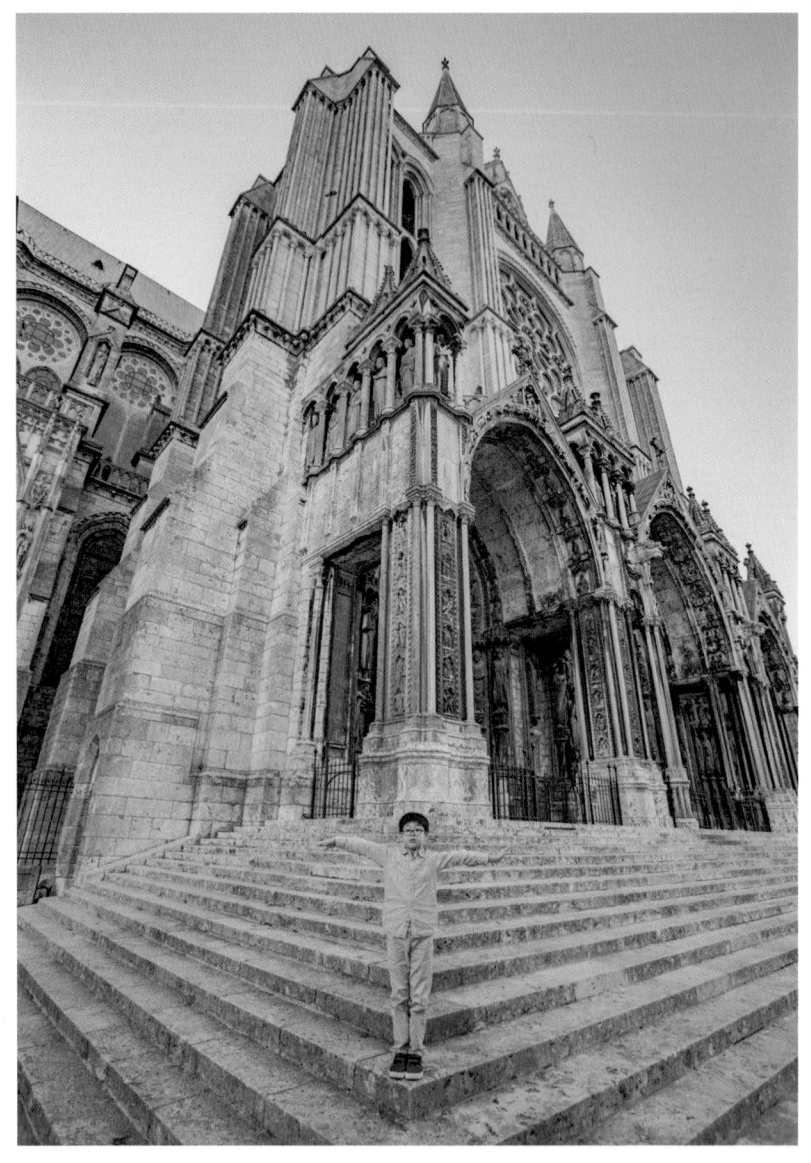

샤르트르 대성당 외벽을 스크린 삼아 열리는 일루미네이션 쇼.
단순한 영상 쇼로 치부하기에는 송구할 만큼,
사진으로는 다 담을 수 없는 아름다움 그 자체의 작품을 만났다.

베르사유 궁전은 워낙 규모가 커
연간권을 끊어두고 여러 번 방문했다.
패스트트랙으로 입장할 수 있어,
지인이 파리에 올 때마다 함께 찾았다.

총 면적이 600만㎡에 달한다는 이곳은
명성에 걸맞게 걸어도 걸어도
끝이 나지 않았다.
나도 지치지만 아이들은 더 지쳤는데,
나중에는 주저앉고 드러눕고
여기저기 숨는 것에
오히려 재미가 들린 모양이었다.

궁전은 물론 정원까지 그 아름다움은
말로 표현할 수 없는 지경이었다.
하지만 그 이면에 얼마나 많은 이들의
피, 땀, 눈물이 담겼을지 생각하니
여러 복잡한 감정이 교차했다.

퐁텐블로성은 파리의 지인들이 추천해 찾게 되었다.
베르사유 궁전이 생기기 전까지 프랑스 제일의 왕궁이었다고 하는데,
나폴레옹 시대까지 별궁으로 쓰였다고 한다.
그래서인지 내부에서 나폴레옹과 관련된 여러 전시품을 볼 수 있었다.

에트르타는 프랑스에서 가장 아름다운 석회암 절벽이 있는 곳이라고 한다.
깎아지른 듯한 절벽 위에는 코끼리 모양을 한 바위가 있고,
절벽 앞으로는 유려한 곡선을 그리며 몽돌 해변이 펼쳐진다.

반대편 언덕에서는 코끼리바위와 해변을 감싸안은 마을을 한눈에 내려다볼 수 있다.
우리에게도 잘 알려진 화가 모네 역시 영감을 얻기 위해 이곳에 자주 올랐다 하며,
'에트르타의 거대한 바다'라는 작품을 남기기도 했다.

내 눈으로 직접 본 에트르타의 거대한 바다는
그림과는 또 다른 감동을 주었다.
해 질 무렵의 코끼리바위에 가족의 뒷모습이 포개지며
숨이 멎을 듯한 아름다움이었다.

Mont-Saint-Michel

몽생미셸은 바위 위에 성당이 세워진 기묘한 섬이다.
지금은 다리로 연결되어 쉽게 갈 수 있지만,
옛날에는 건너가는 길에 사고도 많이 당할 만큼 험했다고 한다.
그 때문에 백년전쟁 때는 프랑스군의 요새로 사용되기도 했다.
이곳의 진가는 성 안에 들어가야 알 수 있다.
마치 하나의 도시처럼 웅장하면서도 고즈넉한,
겪어온 세월의 풍파를 그대로 담고 있는 곳이었다.

Mont-Saint-Michel

안시는 운하가 지나다니는 아름다운 도시였다.
아기자기한 건물과 알프스 산맥이 둘러싼 호수 등,
멋진 자연이 반기는 그야말로 프랑스 속의 스위스였다.

안시 근교에 있는 피에흐 협곡을 찾았다.
약 2만 년 전 빙하가 석회암을 녹여 생긴 곳이라고 하는데,
평지를 걷다가 갑자기 커다란 협곡이 나타나는 모습에
자연의 신비와 웅장함을 몸소 체험할 수 있었다.

프랑스의 베니스, 콜마르.
알록달록한 알자스 전통 가옥과
도시 가운데를 지나는 운하 덕에
마치 「하울의 움직이는 성」
속으로 들어간 느낌이었다.

중세의 낭만이 담긴 편안한 풍경 속에서
우리 가족은 오랜만에 여유로움을 만끽했다.

와인의 땅, 보르도.
워낙 와인을 좋아하는 우리 부부인지라
보르도를 비롯한 근교를 여러 번 찾았다.
여러 와이너리와 꺄브(와인저장고) 투어를 다니며
풍미 깊은 와인을 직접 시음해 볼 수 있는 기회였다.

Bordeaux

부흐스 광장에 펼쳐진 물의 거울.
분수를 둘러싼 건물이 수면에 비친 모습과
석양이 겹쳐지는 풍경이 아주 멋졌다.
대한, 민국, 만세는 물장구를 치며 신나게 놀다가,
10시가 되고 물이 빠지자 아쉬워했다.

유네스코 세계문화유산으로도 지정된 블라에 요새는,
시롱드강 하구에 세워져 보르도를 지켜왔다고 한다.
이 강은 프랑스에서도 그 폭이 넓기로 손꼽힌다는데,
대포를 끼고 바라보니 마치 바다처럼 넓은 강이 펼쳐져 있었다.

Saint-Émilion

생떼밀리옹은 걸어서도 금방 한 바퀴 돌 정도로 작은 마을에
너른 포도밭이 펼쳐진 풍경이 몹시 인상적이었다.
아기자기한 길과 돌담이 아주 마음에 든 곳.

프랑스의 시인 보들레르가
이름을 헌정했다는 와인.
「신의 물방울」에서도
가격 대비 높은 퀄리티로
인정받은 와인, 샤스 스플린.

'샤스 스플린'은 '슬픔을 쫓아내다'라는 뜻이라 한다.
보들레르가 우울증에 시달릴 무렵
이 와인을 마시고 기분을 달랬다고 하는데,
그가 선물한 이름만큼, 혹은 그를 기려
아직도 매년 레이블에 싣는 시구절만큼
마음이 상큼 달콤해지는 와인이다.
가족과 함께한 여행 중이라 그랬는지도 모르겠다.

바람이 만든 모래 언덕, 듄 드 필라는
유럽에서 가장 높은 사구란다.
힘들어하는 아이들을 달래
정상에 오른 순간,
넓게 펼쳐진 백사장과 탁 트인 대서양,
바다에 비쳐 반짝이는 눈부신 태양에
그야말로 가슴이 벅찬 지경이었다.

듄 드 필라는 우리에게 구름 한 점 없는 인생 노을을 선사했다.
대한, 민국, 만세는 사랑을 속삭이듯, 엄마에게 차례로 입을 맞췄다.

이탈리아 접경지인 프랑스 남부 님에는 고대 로마제국 유적이 많이 남아있다.
고풍스러운 도시 분위기도 그렇지만, 로마식 원형경기장이 가장 인상 깊었다.
지금도 오페라, 콘서트 등 각종 공연과 행사 장소로 쓰인다고 한다.

'밤의 카페 테라스'의 배경이 된 '르 카페 반 고흐'.
너무 일찍 찾아간 탓인지 영업 전이었지만,
고대 로마 분위기가 살아있는 아를 시내와
원형경기장을 돌아보며 아쉬움을 달랬다.

아를 고대 극장의 무대에서
대한, 민국, 만세는 셋만의 공연을 펼쳤고,
우리 부부는 유일한 관객이 되어 환호했다.
공연은 한참 동안 계속되었다.

프랑스 중부의 샹보르성, 쉬농소성,
앙부아즈성은 비슷한 듯 다른 각각의
역사와 매력이 살아있는 공간이었다.

앙부아즈 성에는 좋아하는 화가
레오나르도 다 빈치의 유해가 안치되어 있고
5분 거리에 그의 화실을 재현해 놓은
공간도 있어 더욱 뜻깊었다.

샴페인의 본고장 샹파뉴. 꺄브 투어를 위해 랭스를 찾았다.
랭스 대성당은 과거 프랑스 왕들이 대관식을 한 유서 깊은 장소이다.
1825년부터 샴페인을 대관식 때 공식주로 사용했다고 하는데,
그만큼 이곳에서 샴페인의 의미는 깊다.

랭스에서 만난 떼땅져 꺄브 투어.
300년 가까이 샴페인을 만들어 온 곳으로,
파리에서 이어지는 도로 아래, 200km 길이의 지하 저장고에
300만 병 가까이 저장되어 있다는 샴페인을 직접 보니 실로 놀라웠다.

샤모니는 제1회 동계올림픽이 개최된 도시이자
알프스산맥 최고봉, 몽블랑의 베이스캠프이다.
프랑스 스키 바캉스에는 수많은 사람들이 찾아오는데,
1년 내내 눈 쌓인 알프스산맥을 바라보며 스키를 탈 수 있다.

전망대에서는 건물 밖으로 돌출된 유리에 올라 몽블랑을 바라볼 수 있다.
엄청나게 높은 곳에 설치되어 있어 일순 두려웠는데,
막상 올라가니 천지에 하얀 눈만 가득해 실감이 잘 안 났다.

메르드 글라스는 특히 기억에 남는 곳이다.
벽에 연도별로 빙하의 최고 높이를 표시해 두었는데,
해마다 점점 낮아져 지금은 빙하가 정말 조금만 남아있었다.
지구온난화의 심각함이 체감되는 곳이었다.
그 와중에 아이들은 머리를 식히겠다며 눈 속에 파묻었다.

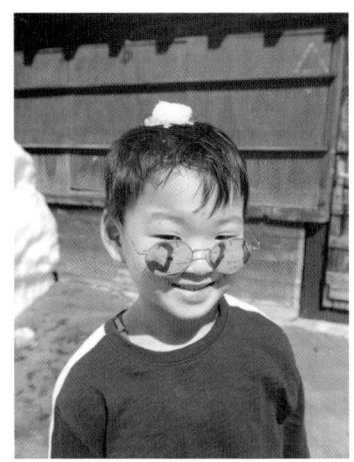

Switzerland

첫 스위스 여행은 더할 나위 없이 완벽했다.

이때 체르마트에 반해서 스위스를 몇 번 더 가게 되었다.

마테호른으로 향하는 베이스캠프, 체르마트는 작은 마을이다.

화석 연료차가 들어갈 수 없고 마을 내에서는 전기 택시를 이용해야 한다.

불편하기도 하지만 그만이 주는 자연 친화적이고 아기자기한 감흥이 있었다.

마테호른 여행의 기본 코스, 고르너그라트.
마테호른이 가장 예쁘게 보이는 곳이다.
우리가 갔을 때도 다행히 날이 좋아
눈부신 알프스산맥과 우뚝 솟아오른 마테호른을 볼 수 있었다.
여름에는 이 경관을 눈에 담으며 대자연 속의 하이킹도 즐겼다.

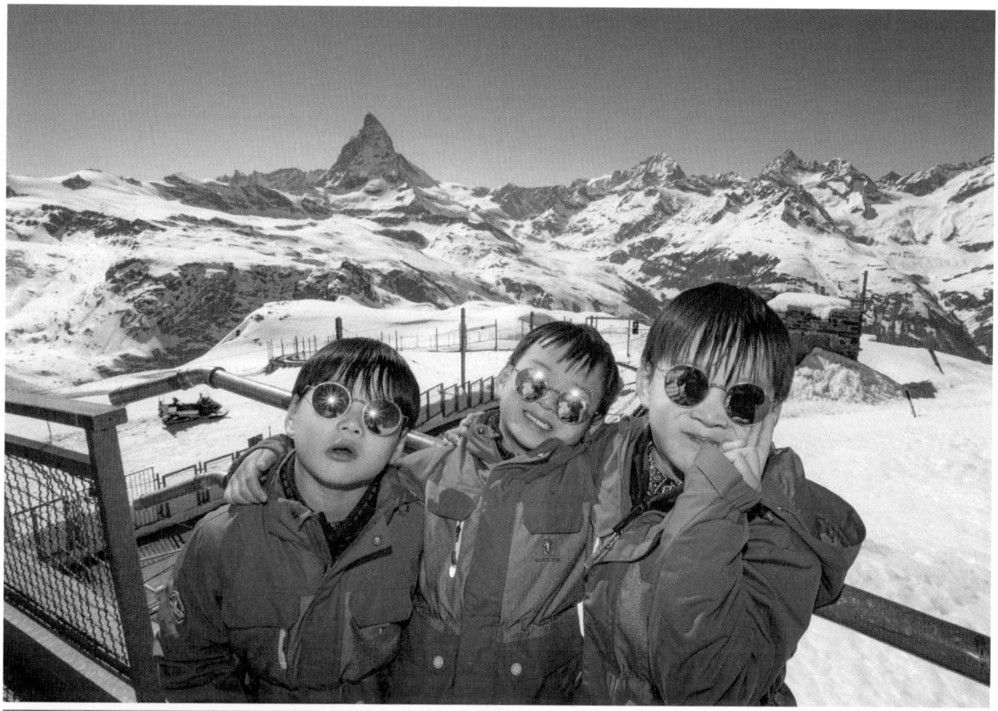

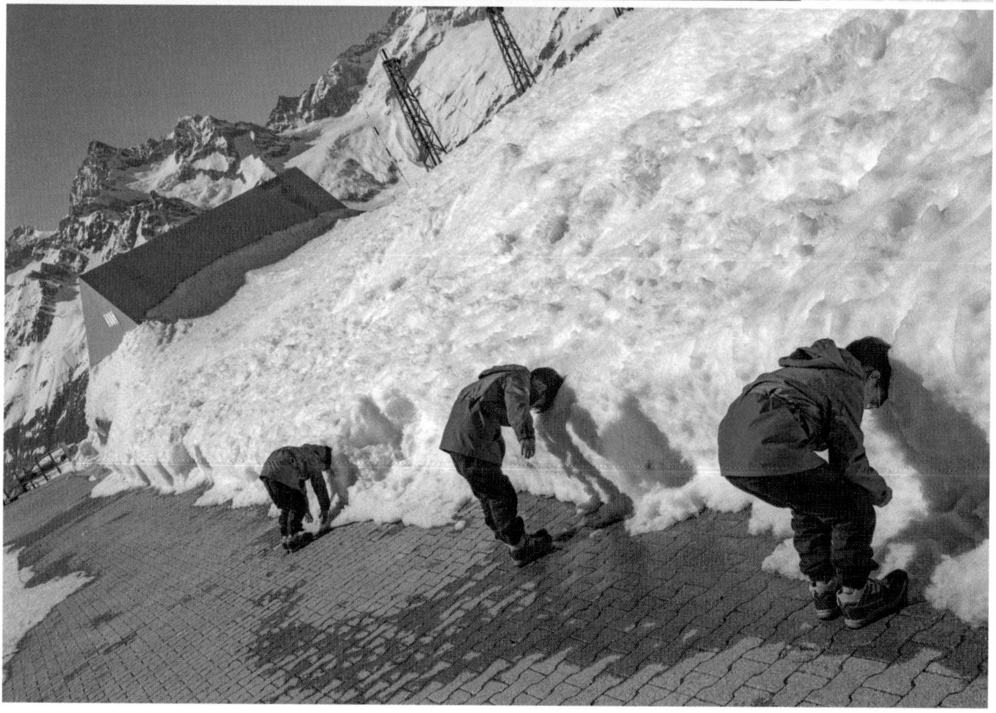

글레이셔 파라다이스는 유럽에서 가장 높은 전망대라 한다.
케이블카를 타고 오르며 점점 가까워지는 웅장한 마테호른과
황홀한 얼음 동굴 속 조각들에 눈을 뗄 수 없었다.

첫 스위스 여행에 황금 마테호른을 봤다.
체르마트에 도착했을 때는 늦은 밤이라 잘 몰랐는데,
아침에 눈을 떠 황금빛 마테호른과 마주했을 때
그 감동이란 말로 다 표현할 수 없다.
운이 좋아야 볼 수 있다는 그 광경을,
하늘이 도우셨는지 체르마트에 머무는 내내 볼 수 있었다.
어느새 이 귀중한 광경을 당연하게 여기게 되었는데,
다음 여행에서는 아쉽게도 만나지 못했다.

Zermatt

몽블랑, 마테호른과 함께 알프스산맥의
3대 봉우리로 꼽힌다는 융프라우.
유럽에서 가장 높은 철도역이라 그런지
기차로 오르는 것만으로도 감동적이었다.
설원에서 샴페인 한잔하며 청량한 기분을 즐겼다.

스위스를 대표하는 아름다운 도시 루체른.
카펠교를 끼고 바라본 호수의 모습과
고풍스러운 중세시대풍 거리 풍경이 어우러지며
멋진 조화를 이루어내는 곳이었다.

'용의 산'이라고도 불리는 필라투스산.
스위스의 자연을 함축적으로 볼 수 있는 곳이라고 한다.
정상으로 향하는 산악 열차는 세계 최고의 경사각을 자랑한다는데,
우리는 열차 운행이 중단된 날 찾아 아쉽게도 케이블카를 이용했다.
하지만 열차가 다니는 길의 반대쪽 풍경을 볼 수 있어 의미 있었다.

초록빛 포도밭과 바다처럼 드넓은 레만 호수,
그 너머 알프스가 어우러진 그림 같은 마을 몽트뢰.
'퀸'의 프레디 머큐리가 여기서 마지막 작업을 했다는데,
퀸과 함께했던 아내와 나의 학창시절을 곱씹으며
그의 흔적이 남아있는 녹음실을 찾으니
추억과 감동이 물밀듯이 몰려왔다.

Germany

베를린 여행의 하이라이트, 이스트사이드 갤러리.
냉전 시기의 장벽을 허물고 그 잔해에 벽화를 그렸다고 한다.
세계에서 가장 큰 야외 갤러리라는데,
유명한 '형제의 키스' 외에도 아름답고 재치 있는 그림이 많았다.

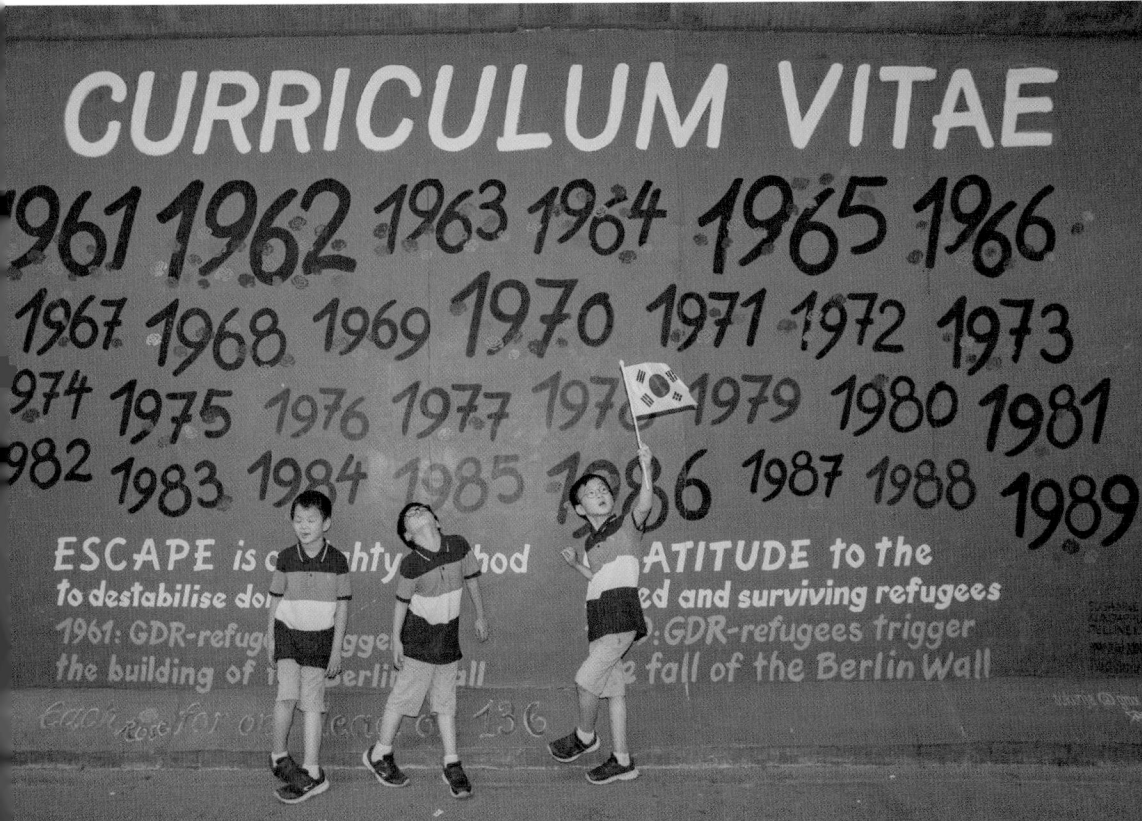

독일을 대표하는
브란덴부르크 문.
마침내 베를린 장벽이
무너지던 1989년,
이 앞에서 환호했을
독일 사람들을 떠올리며
우리에게도 언젠가
그런 순간이
찾아오길 빌었다.

유럽 이곳저곳을 다니며 느낀 것이지만,
유럽은 각 나라뿐만 아니라
도시별로도 특색이 두드러진다.
전망대에서 내려다본 하이델베르크는
온통 '붉음'으로 가득했다.

Germany

Heidelberg

하이델베르크 고성에는
세계에서 가장 큰 오크통이 있다.
오크통 나이만 해도 몇백 살은 되었지만,
전쟁으로 대부분이 파괴되고
남아있는 건 단 두 개뿐이란다.

독일 최고의 바로크 건축물로 손꼽히는 츠빙어 궁전.
건물 자체도 아름답지만 내부 전시품이 더욱 아름다웠다.
특히 알테 마이스터 회화관에서 세계적 거장들의 명화를 만났다.

시간이 멈춘 중세의 보석, 로텐부르크.
시청사 시계탑에서 매시 정각에 열리는
마이스터 트룽크 행사가 흥미로웠다.

크리스마스 박물관에 있자니
한여름인데도 불구하고
한겨울 동화 속의 주인공이 된 듯했다.

나치에 의해 세워진 다하우 수용소.
유대인을 포함해 20만여 명이 이곳에 수용됐고
그중 4만 명 넘는 사람이 목숨을 잃었다고 한다.

전시된 수용자들의 사진과 유품을 보며
아내는 열심히 설명을 덧붙였다.
역사를 기억하고 반성하는 독일의 모습을 보며
그렇지 않은 나라의 모습이 떠올라 마음이 달아올랐다.

황제들이 거주했던 도시 포츠담.
근심이 없다는 뜻을 가진 상수시 궁전은
베르사유 궁전을 따라 지었다고 하는데,
이름 그대로 여유를 만끽할 수 있는 곳이면서
베르사유가 떠오를 만큼 규모도 엄청났다.

궁전 앞에 있는 테라스식 정원과
커다란 분수, 수면에 비친
궁전 건물이 아름다웠다.

Spain

산세바스티안 San Sebastián
톨레도 Toledo
마드리드 Madrid
바르셀로나 Barcelona

San Sebastián

톨레도 대성당은 스페인 고딕 양식과
이슬람 양식이 혼합된 독특한 곳이었다.
그중에서도 성기실에 있는 엘 그레코의
'그리스도의 옷을 벗김'은 말로 표현할 수 없을 만큼 멋졌다.

톨레도 여행 후 마드리드로 돌아와 산 미구엘 시장을 찾았다.
각종 살라미와 하몽, 치즈, 타파스에 눈도 입도 즐거웠다.
아이들도 꼬치구이와 츄러스를 하나씩 들고 게눈 감추듯 먹어치웠다.

211

213

시내에서 즐거운 시간을 보낸 후,
대한, 민국, 만세 얼굴을 다 합친 크기의 스테이크로
마드리드 여행을 마무리했다.

카탈루냐 사람들의 종교적 중심지 몬세라트.
'톱으로 잘랐다'는 뜻과 꼭 맞아떨어지는 절벽으로 향했다.

깎아지른 듯한 절벽과 여기저기 솟은 기암괴석,
그 속에 숨어 있는 몬세라트 수도원.
세계 4대 성지 중 하나인 이곳에서,
경건함과 신비로움이 몸을 감싸 안았다.

흥 많은 도시 바르셀로나.
도시 중심에 있는 라보케리아 시장은
활기찬 도시 분위기를
그대로 느낄 수 있는 곳이었다.

223

스페인 내전 때 생긴 포탄의 흔적이 남아있는 곳,
산 펠리프 네리 광장은 카탈루냐 사람들의 비극이 담긴 곳이다.
광장 옆에 위치한 학교에서 아이들이 뛰어나와 노는 모습과
대한, 민국, 만세를 보니 묘한 감정이 북받쳐올랐다.

바르셀로나 하면 가우디 투어를 빼놓을 수 없다.
후에 스페인을 대표하는 건축가가 된 안토니 가우디가
초창기에 설계했다는 가로등부터 구엘 공원,
사그라다 파밀리아 성당까지.

사그라다 파밀리아 성당은 특히 감동이 컸다.
150년 가까이 공사가 진행 중으로, 거대하면서 첨예한 크레인과
고풍스러운 전통 고딕 양식이 어우러지는 묘한 풍경이었다.

Netherlands

꽃이 만개하는 봄날에 찾은 네덜란드.
튤립의 나라에서 펼쳐지는 튤립 축제,
'쾨켄호프'가 목적이었다.

수만 송이의 꽃과 나무, 물, 다양한 조형물이 어우러져
지겨울 틈 없이 눈을 돌리는 곳마다 다른 풍경이었다.
대한, 민국, 만세도 마음껏 뛰어놀며 즐거워했다.

다음으로 찾은 곳은 잔세스칸스.
눈을 돌리는 곳마다 맞아주는 풍차와
엄청나게 불어오는 바람 덕에
풍차 마을에 온 것이 제대로 실감 났다.

고종황제가 한국의 주권을 빼앗으려는
일본의 만행을 알리기 위해
만국공동회의에 비밀 특사를 파견한 곳, 헤이그.
하지만 그들은 회의장에 입장조차 하지 못했고,
이준 열사는 비통한 마음에 현지에서 순국했다.

"땅이 크고 사람이 많은 나라가 큰 나라가 아니고
땅이 작고 사람이 적어도 위대한 인물이 많은 나라가
위대한 나라가 되는 것이다."

우리는 이준 열사 기념관을 찾아 그를 추모하고,
태극기를 그려보는 시간을 가졌다.
아이들은 지금 이곳이 얼마나 뜻깊은 곳인지 모르겠지만,
언젠가 이날의 의미를 되새겨보는 날이 올 것이다.

Austria

스와로브스키 크리스털 월드.
입구를 지키는 바텐스 거인은
커다란 크리스탈 눈에서
영롱한 빛을 반짝이고,
입으로는 물줄기를 뿜어내며
우리를 맞아주었다.

스와로브스키 100주년을 기념해 설립한 곳이라는데,
멀티미디어 아티스트 앙드레 헬러, 쿠사마 야요이 등
세계적인 거장들이 전시에 참여했다고 한다.
사실 별 기대와 정보 없이 찾았는데,
그런 나 자신을 반성할 정도로 예술적이고 감각적인 곳이었다.

공간마다 다른 콘셉트와 전시로
크리스털의 진면목을 느낄 수 있었는데,
특히 우리나라 작가 이불 님의
'무한한 벽'이라는 작품도 있어 반가웠다.

천재 작곡가 모차르트가 태어난 곳이자
영화 「사운드 오브 뮤직」의 배경 잘츠부르크.
골목마다 모차르트의 아리아가 들려오는 음악의 도시.
미라벨 궁전에서 우리는 마치 영화의 주인공처럼
손 잡고 도레미송을 불러보았다.

Czech

중세 성의 웅장함과
고즈넉하면서도 고전적인 거리.
프라하는 지나가다가 문득,
의도치 않은 추억이 남는 곳이었다.

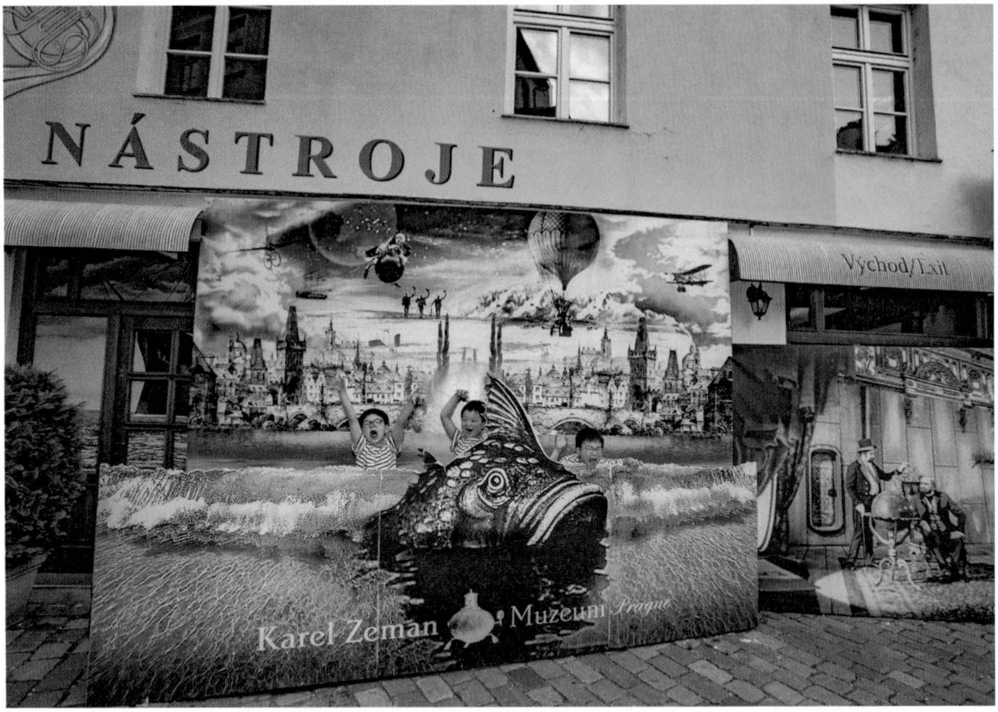
NÁSTROJE
Východ/Exit
Karel Zeman
Muzeum
Prague

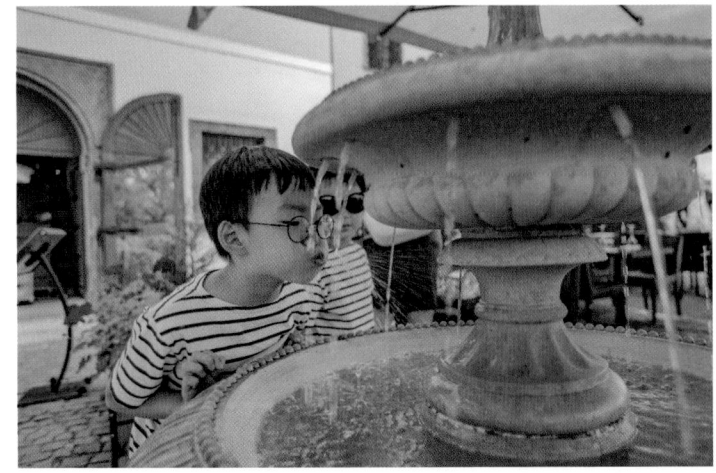

레논 벽은 1980년대,
독재정권에 맞선 시위대가
존 레논의 노래 가사와 구호를
적으며 만들어졌다고 한다.
말하자면 이 벽은
억압으로부터의 해방을
상징하는 것이다.

블타바강과 프라하성의 풍경을 모두 지닌 카를교.
강에 비친 채 천천히 물들어 오는 석양도,
멀리서 천천히 밝아오며 석양과 교차하는 야경도
오랫동안 머물며 마음속에 담아온 곳이다.

Iceland

아이슬란드 남부의 관광 루트,
골든 서클(Golden Circle).
가장 먼저 만난 것은 간헐천 게이시르였다.
물웅덩이에서 이따금 물줄기가 치솟는데,
물이 나오는 시간 간격, 위치가
모두 달라 흥미로웠다.

굴포스는 그야말로 자연에 압도되는 거대한 폭포였다.
세차게 떨어지는 하얀 물보라와 폭포수 사이를 메운 얼음,
그리고 밝은 해에 비치는 선명한 빛깔의 무지개.
아이슬란드에 잘 왔다고 느꼈다.

셀야란즈포스에 들렀다 요쿨살론으로 빙하 투어를 떠났다.
폭포 물줄기가 엄청나게 센 데다 비도 많이 왔는데
혹시 몰라 챙긴 우비 덕을 톡톡히 봤다.

빙하에서 떨어져 나온 유빙이
호수를 가득 메운 곳.
수륙양용차를 타고
빙하에 한 발짝 다가갔다.

선원이 물에 떠다니는 빙하를
뜰채로 떠 손에 들려주었다.
멀리서 볼 때는 민트색이었던 빙하는
직접 들고 보니 투명한 빛이었다.

아이슬란드는 선의 여행이다.
점을 쫓아가는 여행이 아니라,
지나는 모든 곳이 여행지가 되는 곳.
그렇게 작은 점이 이어져 하나의 선을 만든다.
아이슬란드에서는 가는 길 자체가 여행이 된다.

Iceland

회픈의 칠흑같이 어두운 자갈 해변.
날씨가 화창했음에도 파도가 거세 묘한 두려움까지 느껴졌다.
그래도 아이들은 신기한지 뛰어놀기 바빴다.
묘한 두려움이 느껴지는 와중에 아이들은 신기함뿐인 듯했다.

Iceland

갑작스런 악천후에 늦게 도착한 세이디스피외르뒤르.
시간이 고스란히 담긴 지은 지 100년 된 집에 머물렀다.
그 집 아이들이 자라온 키가 담긴 벽을 바라보며
집주인과 마치 오래 알고 지낸 것 같은 기분이 되었다.

Iceland

아이슬란드의 날씨는 사춘기 아이처럼 변덕스럽다.
눈 하나 없던 평원이 순식간에 설원이 되는 곳.
덕분에 계획에 없던 눈싸움을 하게 되는 곳.
이제 그만 가자는 말에 아이들은 울음을 터트릴 정도였다.

Iceland

흐베리르는 지표면 근처에서
여전히 마그마가 끓고 있는 지대이다.
여기저기서 부글부글 끓는 진흙과,
땅이 구멍이라도 난 듯 올라오는 연기.
신비로운 체험이었다.

고다포스. 이름하여 신의 폭포.
국교를 정하며 다른 종교의 신상을
이곳에 던진 데에서 기원한다는데,
어쩐지 신의 기운이 느껴지는 경이로운 곳이었다.

달비크에서 떠난 고래 투어.
미국에서는 가까스로 한 마리 보고 좋아했었는데, 아이슬란드는 달랐다.
물 반 고래 반이라고 할 정도로 쉴 새 없이 고래가 튀어 올랐다.
뒤로 펼쳐진 설산의 풍경도 분위기를 끌어올리는 데 한몫했다.

고래 관찰이 끝나고 대구 낚시가 이어졌다.
그날은 정말 운이 따랐는지, 참가자 중에 가장 큰 고기를 낚게 되었다.
한국에서도 낚시를 안 하는데 이게 바로 '비기너스 럭'인가 보다.

육지로 돌아오니 잡은 대구를
곧바로 손질해서 구워주었다.
소금 간만 했는데도 어찌나 맛있던지,
태어나서 먹어본 생선 중에서 최고였다.

오로라는 항상 우리 위에 있다.
다만 우리 눈에 보이는지, 얼마나 선명히 보이는지의 차이일 뿐.
아이슬란드에선 숙소 문만 열면 마주할 수 있었다.

아이슬란드는 마치 다른 행성에 온 듯 낯설다.
시시각각 바뀌는 날씨에 아쉬운 소리를 하다가도
백미러로 뒤를 보면 선명한 무지개가 펼쳐지는 곳.
숙소에서 창밖만 내다봐도 광활한 자연을 마주하는 곳.

눈 속에 모두 담을 수 없어
아쉽고도 또 아쉬운 곳.

분화구가 원형 그대로 남아 있는 휴화산, 삭스홀.
황량한 벌판에 홀로 서 있는 모양새가 생경했는데,
오름처럼 쉬엄쉬엄 올라 분화구를 둘러볼 수 있었다.

클린턴 전 미국대통령이 들러 유명해진 핫도그 가게.
「꽃보다 청춘」에도 소개된 적 있다고 한다.
먹을 때는 그리 큰 감흥이 없었는데,
이상하게 떠나는 순간부터 다시 생각나는 맛이었다.
아이들도 코에 소스를 묻혀가며 허겁지겁 맛나게 먹었다.

블루라군은 자연을 그대로 살리며
현대적으로 구성해놓은
기적처럼 아름다운 온천이었다.
왜 아이슬란드를 대표하는 곳인지
단번에 느껴질 정도였다.

레이캬비크를 마지막으로
아이슬런드, 이니 유럽에서
대한, 민국, 만세와 함께한 기록은 끝이 났다.
하지만 우리의 여행은 끝나지 않았다.
또 다른 곳에서 쭉 이어질 것이다.

EPILOGUE

아이슬란드에서 오로라를 못 봐서 아쉬웠다.

왜냐하면 오로라는 밤에만 볼 수 있는데 졸려서 자버렸기 때문이다.

또 레고랜드, 디즈니랜드가 아주 재미있었고, 독일에서 먹은 소시지가

아주 인상 깊었다. 그리고 프랑스 유치원에서 먹은 바게트가 맛있었고

또 (프랑스 유치원에서) 나무막대 장난감으로 우물 (육각형) 쌓기로

내 키보다 큰 타워를 만들었던 게 가장 기억에 남았다.

그다음, 네덜란드 여행 때 가장 인상 깊었던 것은 튤립 축제 때 봤었던 풍차였다.

그리고 아이슬란드 여행 때 인상 깊었던 것은 아버지가 큰 물고기를 잡은 것,

프랑스에서는 디즈니랜드, 독일은 레고랜드, 스위스는 마테호른,

스페인은 파에야, 이탈리아는 콜로세움,

오스트리아에서는 모차르트 생가가 기억에 남았다.

그리고 프랑스에서 봤던 모래언덕도 기억에 남았다.

- 송대한

스위스에 갔을 때 글레이셔 파라다이스에 갔는데
너무 추워서 얼 것 같았고 호텔 수영장에 빠졌을 때는
"아, 내 인생이 끝났구나"라는 생각도 들었을 정도로 무서웠지만,
좋았던 점은 스위스에서 봤던 마테호른의 경치가 엄청 멋졌고
글레이셔스 파라다이스에서 먹은 코코아가 맛있었다.
또 아이슬란드에서는 너무 빨리 자서 오로라를 못 본 게 너무 아쉬웠지만
100년 된 집에서 하룻밤 잤던 거랑 온 곳에 쌓여 있던 눈은
아직도 생생하게 기억된다.

-송민국

스위스에 있던 호텔에 있는 수영장에서
수영한 게 가장 기억에 남는다.
그리고 아이슬란드에서 오로라를 본 것도 기억이 난다.
그리고 또 독일의 레고랜드가 아주 재미있었다.
그리고 프랑스의 디즈니랜드도 아주 재미있었다.
어디에 있었는지는 기억이 안 나지만
모래 언덕인지 모래 산인지는 모르겠지만 어쨌든 기억에 남는다.
그리고 네덜란드의 튤립 축제도 기억에 남는다.

-송만세

삼둥이와 함께한 지구 반대편 여행 기록

유럽에서
대한민국만세

초판 1쇄   2022년 1월 3일

지은이   송일국

발행인   유철상
책임편집   정은영
편집   박다정, 정유진
마케팅   조종삼, 윤소담

펴낸곳   상상출판
출판등록   2009년 9월 22일(제305-2010-02호)
주소   서울특별시 성동구 뚝섬로17가길 48, 성수에이원센터 1205호(성수동 2가)
전화   02-963-9891
팩스   02-963-9892
전자우편   sangsang9892@gmail.com
홈페이지   www.esangsang.co.kr
블로그   blog.naver.com/sangsang_pub
인쇄   다라니
종이   ㈜월드페이퍼

ISBN   979-11-6782-048-8 (03810)